Ti'n grêt!

PST! Ti'n grêt!

Gwen Redvers Jones

Lluniau Helen Flook

Gomer

Cyhoeddwyd gyntaf yn 2012 gan
Wasg Gomer, Llandysul, Ceredigion, SA44 4JL
www.gomer.co.uk

ISBN 978 1 84851 534 5

Cyhoeddwyd gyda chefnogaeth Llywodraeth Cymru.

Argraffwyd a rhwymwyd yng Nghymru gan
Wasg Gomer, Llandysul, Ceredigion.

Pennod 1

Pst!

Doedd Siôn ddim yn hapus o gwbl. Roedd e wedi cael newyddion drwg iawn.

Roedd Dad a Mam wedi dweud wrtho bod y tri ohonyn nhw'n symud o'r fferm lle roedden nhw'n byw. Roedd Dad wedi prynu fferm fwy o faint yn rhywle arall, felly byddai'r teulu'n symud yn fuan iawn.

'O diar!' meddai Siôn yn drist. Roedd
symud yn golygu ei fod yn gorfod gadael
ei ffrind gorau ar ôl. Fyddai hwnnw ddim yn
gallu dod gyda'r teulu.

Er bod ffrind Siôn yn byw gyda nhw, doedd Mam a Dad ddim yn gwybod ei fod e yno. Doedden nhw ddim yn gwybod dim amdano. Doedden nhw ddim yn ei adnabod, nac wedi ei weld na'i glywed erioed.

Doedd Siôn erioed wedi ei weld chwaith,
ond roedd e wedi ei glywed – sawl gwaith.

Dyna pam roedd Siôn yn teimlo mor arbennig. Fe oedd yr unig aelod o'r teulu oedd yn gwybod amdano, a dyna pam roedden nhw'n gymaint o ffrindiau.

Ond roedd un peth bach gwahanol iawn am ei ffrind gorau. Un peth bach roedd yn rhaid ei gadw'n gyfrinach.

Ysbryd oedd e. Ond nid unrhyw ysbryd.
Doedd e ddim yn gas o gwbwl. Roedd e'n
ysbryd bach cyfeillgar ac yn ysbryd bach
drygionus hefyd!

Dim ond un gair roedd Siôn wedi'i glywed
yn ei ddweud erioed – a hwnnw oedd . . .

Bob tro roedd ei ffrind bach cyfrinachol
ar fin gwneud rhywbeth drygionus, roedd
Siôn yn teimlo rhyw bwff bach o wynt yn ei
glust ac yn clywed y gair 'Pst!'.

Felly, roedd Siôn wedi penderfynu galw'r
ysbryd yn Pst. Roedd e wedi cael Siôn
i drwbwl sawl gwaith, a'i gael e mas o
drwbwl hefyd.

Roedd Siôn a'r ysbryd bach wastad yn
ffrindiau gorau.

Pennod 2

Pst a'r bresych

Roedd Siôn yn casáu bresych. Ond roedd
Mam yn mynnu ei fod yn eu bwyta –
a hynny o leiaf ddwywaith yr wythnos!

'Mae'n rhaid i ti eu bwyta nhw, Siôn, i ti gael tyfu'n fachgen mawr, cryf,' meddai Mam, cyn rhoi dwy lond llwy fawr o'r hen bethau gwyrdd ych a fi ar ei blât.

Roedd Pst yn gwybod yn iawn bod Siôn
yn casáu bresych.

Ac fel pob ffrind da, penderfynodd Pst
y byddai'n helpu Siôn.

Un amser cinio dydd Sul, wythnos cyn iddyn nhw symud, daeth Mam at y ford a phowlen yn llawn bresych twym, tamp, llipa, yn ei dwylo. Yn sydyn, teimlodd Siôn fod Pst yn goglais ei glust.

Yr eiliad honno, cwympodd y bowlen o ddwylo Mam nes bod y bresych yn un swp llipa ar y llawr. O! Roedd Siôn eisiau chwerthin lond ei fol wrth weld Mam yn sefyll yn stond, a'i cheg ar agor fel pysgodyn mewn sioc!

Pennod 3

Anti Agi a'r papur tŷ bach

Oedd, roedd Siôn yn casáu bresych. Ond roedd un peth roedd e'n ei gasáu hyd yn oed yn fwy fyth, a hynny oedd Anti Agi'n dod i'r fferm ar wyliau at y teulu.

Hen fenyw grintachlyd oedd Anti Agi,
a doedd hi ddim yn hoffi bechgyn direidus.
Roedd Pst yn gwybod hyn. Y tro diwethaf
iddi ddod i aros, cafodd Siôn a Pst lawer
iawn o hwyl a sbri.

Wrth i Anti Agi
ddod allan o'i char
bach twt ar y clos
rhyw ddiwrnod,
clywodd Siôn sŵn
Pst yn ei glust
unwaith eto.

Ar unwaith dyma Gareth, gafr Siôn, yn
carlamu o rywle ac yn pwnio Anti Agi yn
ei phen-ôl.

Fe sgrechiodd Anti Agi fel rhywbeth hanner call a dwl a gweiddi, 'Beth yw'r anghenfil yma sy'n ymosod arna i? Dalia fe a rho fe'n sownd 'da'r lloi yn rhywle. Mae e'n frwnt, yn salw ac yn drewi!'

Doedd Siôn ddim
yn hoffi clywed neb
yn dweud pethau cas
am Gareth yr afr. Ond doedd dim
rhaid iddo boeni – roedd Pst hefyd wedi
clywed y cwbl!

'O! Dwi wedi cael sioc,' ebychodd Anti Agi. 'Rhaid i mi fynd i'r tŷ bach ar unwaith.' A diflannodd i mewn trwy ddrws ffrynt y tŷ a Siôn yn ei dilyn.

Yn sydyn, clywodd Siôn sŵn 'PST!' yn ei glust. 'Beth nawr?' meddyliodd.

Fuodd e ddim yn hir cyn cael gwybod.
Clywodd lais sgrechlyd Anti Agi'n gweiddi
o'r tŷ bach, 'Help! Help! Does dim tamaid o
bapur tŷ bach yma. Mae e wedi diflannu!'

O! Roedd Siôn wrth ei fodd. 'Ha, ha, ha!' meddai. Nawr byddai'n rhaid i Mam gael hyd i'r papur tŷ bach cyn y gallai Anti Agi ddod allan.

Bu Mam yn chwilota am amser go lew.
Am ryw reswm, roedd pob un rholyn o bapur
tŷ bach wedi ffeindio'i ffordd i'r fasged lysiau
yn y stafell-bob-peth!

Siôn gafodd y bai, wrth gwrs. Ond doedd
dim ots ganddo fe am hynny. Roedd e'n
gwybod yn iawn pwy oedd yn gyfrifol.

Pennod 4

Y symud

Roedd y diwrnod mawr wedi cyrraedd o'r diwedd – diwrnod y symud i'r fferm newydd.

Roedd y da a'r lloi, y cŵn a'r cathod, i gyd wedi mynd yn barod. Popeth, hyd yn oed y peiriannau. Doedd dim ar ôl i'w wneud nawr ond cloi'r drws a mynd.

Doedd Siôn ddim wedi clywed siw na miw
oddi wrth Pst ers diwrnod neu ddau. Roedd
e'n poeni na fyddai'n gallu dweud 'hwyl
fawr' wrth ei ffrind cyn gadael. Ond roedd
hi'n amser mynd, a chorn y car yn bîpian ar
y clos.

Gyda lwmp mawr yn ei wddf, trodd Siôn ei ben i edrych yn ôl ar ei hen gartref. Roedd e wedi bod mor hapus yno gyda Pst. 'Fydd bywyd byth yr un fath eto,' meddyliodd yn drist.

Pennod 5

Y blodau a'r brwshys dannedd

Chysgodd Siôn ddim yn dda iawn y noson gyntaf honno yn y tŷ newydd. Roedd ei stafell wely'n ddieithr a phobman yn edrych mor wahanol.

Doedd ei ddarluniau o dîm rygbi Cymru
a'r Scarlets ddim ar y waliau. Teimlai Siôn
yn unig hebddyn nhw.

Y bore wedyn, pan glywodd y cŵn yn cyfarth ar y clos, agorodd e mo'i lygad nes i'w fam ddod i mewn i'w stafell.

'Wel, Siôn bach,' meddai Mam a'i llais yn llawn syndod wrth edrych o gwmpas ei stafell. 'Pryd wnest ti hyn i gyd?'

Agorodd Siôn ei lygaid, a dyna lle roedd ei hoff luniau i gyd ar y wal!

'Y? Be?' gofynnodd yn dawel wrtho'i hun. Roedd rhywbeth od wedi digwydd yn y nos . . .

Yna, galwodd ei fam arno o'r cyntedd:

'Siôn? Pam ar wyneb y ddaear wyt ti wedi rhoi'r blodau ges i ddoe ben i waered yn y potyn? Dyw symud tŷ ddim wedi newid dim ar dy hen dricie dwl di wedi'r cwbl.'

Ddywedodd Siôn yr un gair. Roedd e wedi
hen arfer cael y bai am driciau drygionus
Pst. Tybed oedd Pst wedi dod gyda fe i'r
fferm newydd?

'Siôn? Pam wyt ti wedi rhoi sgriwdreifers yn y potyn dal brwshys dannedd? Ble wyt ti wedi cuddio'r brwshys 'te?'

Dechreuodd Siôn grafu'i ben mewn penbleth. Beth yn y byd oedd yn digwydd?

'O! Rhaid bod Pst wedi dod gyda ni i'r tŷ newydd!' meddyliodd. 'Hwrê!' meddai yn gyffro i gyd.

Tad Siôn gafodd hyd i'r brwshys dannedd –
roedden nhw yn y potyn dal sgriwdreifers yn
y sied! Safodd yno'n crafu'i ben ac yn
mwmblian wrtho'i hun.

'Sut yn y byd mae'r brwshys dannedd wedi cyrraedd i fan hyn? Dyw'r crwt Siôn 'ma byth yn mynd i dyfu lan. Wir, mae eisiau amynedd ambell waith!' meddai Dad.

Pennod 6

Y clustog swnllyd

Yn nes ymlaen y prynhawn hwnnw, clywodd Siôn sŵn car bach twt Anti Agi'n cyrraedd y clos. 'O na!' meddyliodd. 'Pst, gwna rywbeth, plîs.'

Doedd dim rhaid i Siôn aros yn hir.

Cyn gynted ag y camodd Anti Agi i mewn i'r gegin, a chyn iddi gael cyfle i eistedd i lawr, clywodd Siôn sŵn 'Pst!' yn ei glust. Gwenodd. Yna chwarddodd dros y lle.

Eisteddodd Anti Agi i lawr ar y gadair o flaen y ffenest. Dyna pryd y clywodd pawb y sŵn mwyaf ych a fi yn llenwi'r gegin i gyd!

Siôn gafodd y bai, wrth gwrs, am guddio clustog wpi ar gadair Anti Agi. 'O, Siôn!'

Ond er bod Dad yn grac, doedd Siôn yn becso dim.

Yn wir, roedd e wrth ei fodd! 'Diolch Pst, ry'n ni'n dau'n deall ein gilydd yn iawn,' sibrydodd.

'Efallai na fydd symud i dŷ newydd yn gymaint o broblem wedi'r cwbwl,' meddai Siôn wrtho'i hun.

A dweud y gwir, efallai y bydd yn dipyn
o hwyl . . .

. . . cyn belled â'i fod
e'n cadw'r gyfrinach!

Hefyd yn y gyfres:

Nanw a
Caradog Crafog
Llwyd Lloerig

Gomer

Luci Llyn

Yr
Wmp o Blwmp

Gomer

Dwynwen Lloyd Llywelyn